句文集

怠け仕事

塩谷則子

青磁社

怠け仕事＊目次

怠け仕事＊目次

句文集

怠け仕事

怠け者の怠け仕事

この冬の日曜日の朝、「怠け者の怠け仕事って何か知っているか。」と、夫が、いつものように、わけのわからぬことを問いかけてきた。答は、読書。内田魯庵が『読書放浪』の中で、「読書が勧学であるように解されたのは昔の道学先生の学究観で、読書は享楽である。………怠け者の怠け仕事である。」と言っているのを、朝刊で知り、私をからかったのだ。御丁寧に「怠け者の怠け仕事」の所に赤線まで引いてある。さらにしつこく、「ところで、奥様、本日の怠け仕事はいつ頃終えられるでしょうか、お腹がすいているのですが。」

朝刊をよく読むと、魯庵の一節の引用のあと、「しかし読書は、好きだから読むという享楽だけでなく、長いものを読み終えた、という征服感にいたる楽しみもある。」と続いている。怠け者の怠け仕事とはいえ、それなりの征服感や達成感があるという主張であり、素直にうなずけた。

高一の冬休みに、谷崎潤一郎訳『源氏物語』中央公論社版全十巻を読み終えた、という満足感が、三十数年経った今もある。秋に、友人たちの間で『細雪』を読むことが流行し、その続きで、たまたま家にあったし、谷崎潤一郎、ということで読みはじめたのだ。「寝食を忘れて」読み耽った。次はどうなるか、どんな女性との恋愛がはじまり、それについて他の女性はどう反応するか、先が知りたくて、寝る時間も惜しかった。それは、中学生の頃よく読んでいた雑誌「女学生の友」掲載の恋愛小説を、より数多く集め、規模をより壮大にした物語だった。古典を読んでいる、という意識はなかった。心ときめき胸躍るストーリーの長編だった。

全十巻を、何日で読んだのか。四、五日だったと思うが、その余韻にずっと浸っていてその冬の宿題は、散々だった。友人にノートを写させてもらってとりあえず提出したが、二次方程式の根と係数の関係など、全くわかっていない。人の心の変化には興味が持てたのに、係数 a の範囲が変わると答 x がどう変化するかには、興味が持てなかった。

世の中には『源氏物語』以外にも、おもしろい小説はいくらでもあった。『風と共に去りぬ』『レベッカ』『金閣寺』などなど。

怠け仕事の魅力、満足感にとりつかれると、引き換えに、失われていくものがあっても、怠け者であるのをやめることはできない。

＊

日曜日の朝、読書しているのにはわけがある。平日は、朝七時半に家を出て、帰宅が、早い日もたまにはあるが、だいたい夜七時。ほぼ十二時間、働いて、睡眠八時間。家事をちょこちょことする時間も含めて、自由にできる時間は一日に四時間ぐらいしかない。

桂から大宮までの片道十分の通勤時間が、大切な読書の時間である。怠け者には辛い日々である。だから、日曜日、ごみだらけの部屋の中で、怠け仕事をすることになる。

井上靖の『後白河院』を「平治物語」の授業をわかりやすくするために、どう使おうか、と考えながら読む、という真面目仕事のための読書もあるから、貴重な時間を思って、この頃は、ますます好みの本を読むようになってきた。車谷長吉の小説。(『漂流物』所収の「抜髪」、播州弁のお婆さんのねちねちとした語りは秀逸。笑ってしまった。)池内紀と須賀敦子の作品。池内紀の『見知らぬオトカムー辻まことの肖像』を手に入れるため、昨日は本屋を四軒はしごした。早く読みたくて、やっかい仕事のこの稿を急いでいる。

長くなったが、引用からはじめたので引用でしめくくろう。須賀敦子の『ヴェネツィアの宿』から。この人の、人生の困難を、冷静にみつめる姿勢、文章のあたたかさとリズムが好きだ。

「『どうすれば、この本は深いとか深くないとかがわかるようになるのですか。』ふぉっふぉっと彼女は笑った。そして編み物をやめて、私の片手を綿入れのようにふくよかな自分の両手ではさんで言った。『いい音楽をきいたり、本をたくさん読んだり、いい絵をみたり。そのうちにだんだん。』A little by little というのを、彼女は、アリーテル　バイ　リーテルとつよいドイツなまりで発音した。」

ふぉっふぉっと笑う、ふっくらとした手のおばあさん――思う存分に怠け仕事、したいことをして、こんなことがいえる人は、私のあこがれのおばあさんだ。

（六月一日記）

（初出「つんどく」一三六号・一九九七年七月　京都市立堀川高等学校図書館）

「俳句界」特選句

「俳句界」での俳号は白井さと

「考える人」の姿勢の帰省の子

田中陽選　二〇一三年十一月号

城内に井戸百二十鳥渡る

豊田都峰選　二〇一五年二月号

秋風と三人乗せて里のバス

稲畑廣太郎選　二〇一九年二月号

万緑の手拍子野外コンサート

加古宗也選　二〇一九年十月号

牧場に続く農場天の川

大串章・稲畑廣太郎・古賀雪江選　二〇二〇年十二月号

火のあとの阿蘇の黒土黄のすみれ

名和未知男・高橋将夫選　二〇二二年八月号

読み易き最澄の文字麦の秋

辻桃子選　二〇二二年九月号

「俳句界」秀逸・秀作・佳作

出口まで遠い地下鉄復活祭

ぶかぶかの黄色の帽子一年生

きびきびと左官見習い黄水仙

三日後に気づく紛失大西日

夏の昼京都の虎の大あくび

無造作に引いて十個のからすうり

路地の奥フウセンカズラ揺れる店

廃校が続く山里赤大根

古墳から小玉ガラスや竜の玉

莫大小の肌着の世代日向ぼこ

冬晴れの眼下長々吉野川

日脚伸ぶ森の奥よりトランペット

摘めば摘むほど見えてくる蕨

朝早く弓引く宮司楠若葉

虹立ちて少年たちの輝く日

通学の頭上追いこす初つばめ

京都にはお西お東秋の声

球磨川の石の文鎮風の秋

昼は稲刈る清和文楽の里

数学の解美しく竜の玉
深海に眠る宮殿暖炉の火

父から子秘法伝授の爪上がる

ひっそりと昼間は留守の雛の家

ハイタッチして別れ行く卒業子

擂鉢を夫が押さえ木の芽和え

春の道楽し野草の図鑑手に
春風にショパンの楽譜めくられて

機上から阿蘇の火口を見る五月

夏に入るヨガの教室木のポーズ

城郭を囲む巨木の樟若葉

燕来るオール電化のばあちゃんち

野球部はやっと九人青田風

青田道ピザ宅配のバイク行く

『詩経』訓む父の背中や蟬しぐれ

語らずの神こそ湯殿出羽の月

ハメルンの笛吹き哀れ木の実降る

留学生料理持ち寄り文化の日

どの坂もお城へ続く十二月

移動式スーパーを待つ里の梅

夜の間に太る赤ちゃん牡丹の芽
ひじき藻の海を濡らして夜の雨

鑑真の海の絶壁初つばめ

山茂るフェノロサの墓のある寺

青蜥蜴するりと武蔵の座禅石

秋天へ高く子を抱く元ラガー

臨月の四十二歳栗ご飯

手に残るかりんの匂い日の匂い

社家町をめぐる水音初時雨

耳赤く走る少年枯木立

避難所や新聞被り熟睡す

庭中の赤い実食べる寒の鳥

ランドセル見せ合ういとこ桜咲く

花は葉に断水の日々歯を磨く

手際よく初夏を梱包引っ越し屋
ほととぎすブルーシートの屋根の上

空澄んで晩夏晩年来ているか
転んで泣いて一歳の秋を覚えよ

小春日和わらい仏に笑み返す

席譲る人も老人冬のバス

点滴のチューブを連れて冬夕焼

百余年輸入の種を売る種屋

「面」と声少女の素足床を蹴る

利子一円通帳記入燕来る

夏の山かくれ里めく南阿蘇
キッチンの窓辺パセリの花ひらく

一坪の菜園なれど茄子胡瓜

夏休み長い手足がまた伸びる

風の中お飾り売る人三代目

紫の輪ゴム鉄砲冬座敷

風光る四条大橋托鉢僧

崖下の多佳子の旧居花ぐもり

砂風呂の母にとんぼう来て止まる

みな無口病院のバス待つ残暑

たちまちに月の夜となる能舞台

比良越えて琵琶湖にさささる冬の虹

冬帽子青竹抱え戻りけり

堂々と書初めの子の鏡文字

天草の教会の路地若布売る

行く春を遠回りするバスに乗る

民宿の朝の目刺しに射すひかり

根気よく夏草を引く野球部員

始業ベル泰山木の花の下

捩花や少女だんだん黙り込む

描き直すお顔も笑顔地蔵盆

神前の白菜京都市長賞

金星と寒三日月と坂下る

春の雲道草が好き風が好き

人集う移動スーパー青田風

頬杖を突く十二月の余白

大地から空へ挨拶ふきのとう

教室の蝶出してやる一年生

五月雨や点滴棒と行くトイレ

女子大の弓道場や青田風

断念に行きつくまでを半仙戯

雛の箱母の墨書の覚え書

自販機に並ぶ名水原爆忌
「星めぐりの歌」と下りし月の坂

大縄跳びに勝って仲良くなるクラス

次々とヘアピンカーブ風光る

新緑を開封ブナの森光る

各地で投句した俳句から　自選八句

龍のごと大聖寺川を雪解水

平成三十年度　山中温泉旅行句俳句箱入選

君と来て鶴仙渓の二輪草

塩谷捨明作

良寛と遊ぶ子の像葛の花

新潟県出雲崎町平成二十三年度投句ポスト入選句

秋日和眼下に富士とアナウンス

富士宮市平成二十九年度市政施行七十周年記念
第十五回「富士山を詠む」佳作　嶋田麻紀選

風光る散歩と地獄蒸し料理

平成二十四年度鉄輪俳句箱佳作　倉田紘文選

熊日を購読春の地震以来

平成二十八年度第二十一回「草枕」国際俳句大会佳作　宇多喜代子選

苔に生うる草引く女人落柿舎や

落柿舎・令和二年秋季号掲載

炎天下七世紀まで掘り進む

「聲」（関戸靖子主宰・宇治市）関戸靖子選　二〇〇〇年

「船団」から自選五句

木苺の茂み抜けると明治池

二〇〇〇年十二月号

チェロを抱く四人の男水の秋

二〇〇〇年十二月号

お揃いのマフラーをして離れ居る

二〇〇〇年十二月号

クリアファイル二月のベンチの忘れ物

掲載日時不明

海峡を行き来する船れんげ摘む

掲載日時不明

視線の作法——竹国友康『韓国温泉物語』

『湯かげんいかが』『洗う風俗史』『裸体とはじらいの文化史』——韓国人が風呂場で前を隠さない理由を考えるために引用された本の一部である。理由の一つ。朝鮮時代から男女混浴が厳禁の韓国では、異性の視線を意識する必要がなかった。おびただしい資料をもとに日韓の裸体観を比較して出された結論。もう一つの理由は、「浴場で目の前に裸体の人を認めても、その人（その裸）をしげしげと見つめたりはけっしてしなかった」、「視線の作法」が、今も残っているから。

一糸まとわぬ姿で体を洗っていた女性に目を止めた友人をとがめ、その女性は「多分我々を田舎者か野蛮人だと思ったことであろう。」と、大森貝塚発見者の米人モースは『日本その日その日』に記した。日本では、混浴の習慣がなくなると共に、「視線の作法」は忘れられていったというのが、『韓国温泉物語』の前半の論である。

韓国で温泉に入ったことがない。エステティックサロンにも。韓国伝統のサウナ汗蒸幕に入り、その後で垢すりをしたこともない。また、温泉通でもない。「裸のつきあい」は苦手だ。では、なぜ『韓国温泉物語』を読んだのか。「冬のソナタ」に魅せられたからだ。韓国のあれこれを知りたい。

○二年、ユジンがチュンサンを追いかけていくソウル仁川空港。むき出しの骨組、白いパイプが美しくモダンだ。

三十年近い昔、チューリッヒにいた夫の所に行くため、運賃が安かった大韓航空を利用したことが何度かある。ソウルの金浦空港で乗り換えた。コーヒーと軽食の小さな売店があるだけの薄暗い待合室。

飛行機にはシスターたちに抱かれた赤ん坊が何人も乗っていた。ヨーロッパのどこかの町へ養子にいくということだった。西洋人の養子になる東洋人。皮膚の色の違いは克服されるのだろうか心配だった。四歳と一歳の子供を母に預けての旅だったから赤ん坊が気になった。〇一年の韓国ドラマ「ホテリアー」では、人気のヨン様扮する企業ハンター、アメリカから来たホテル買収人は幼い時アメリカへ養子に出されていたという設定になっている。あの時、私が勝手に心配した皮膚の色は問題になっていない。養子本人がどれだけ能力を磨き、どれだけ情熱的か、あたたかい心を持っているかが大切なのだと、ドラマは語る。同じ飛行機に乗り合わせたというだけで「しげしげと見つめ」その後の人生まで推し量ろうとしたのは「野蛮」なことだった。

育児が一段落した八八年、子供たちを連れ、新装なった金浦空港でパリ行き便に乗り換えた。免税店が何店かある。明るく広々としたロビー。しかし、「おい、ねえちゃん、水」と叫ぶ観光客がいた。金浦空港は日本人を嫌いになる空港だった。

今年の夏、公州と扶余へ。仁川空港はドラマのシーンそのまま。モダンだ。若者が闊歩している。

『韓国温泉物語』後半は「東莢温泉物語」。当時の観光ガイドブックや旅行記の「『植民地』朝鮮を露骨に見くだしたような」「蔑視の視線」も、荷物運搬人チゲックンや藁屋をことさらに「朝鮮カラー」が出ているともちあげる知識人のまなざしも不愉快だ、ととらえる李基衎が紹介されている。「どちらも植民地という朝鮮の現実に目をつむり、それをおし隠す働きをしている点で、共犯関係にあるものにすぎないということを李は知っていただろう。」

視線は気持ちの現れだ。関係を露わにする。

ところで、「ニューズウィーク」八月十一日・十八日号。七十年生まれのコン・ヨンソクが「『ヨン様アイランド』の不思議な住人たち」と題してファンのマダムをからかっている。「冬ソナ」は「ヨン様アイランド」へ連れて行くだけで、日韓・日朝・在日問題を考えなければならない「朝鮮半島」には連れていかないと。

そんなことはない。見つめ合うユジンとチュンサン。チュンサンは自分の心を押し殺してユジンの幸せを願う。相手の幸せを願うという愛の本質を堂々と描いたドラマを見る目には、蔑視の視線やもちあげるまなざしがない。また、共感の思いは、「朝鮮半島」の今・本質を知りたくさせる。私の場合『韓国温泉物語』をはじめ、四方田犬彦『われらが〈他者なる〉韓国』など韓国についての本を読み続けている。
「視線の作法」は洗練されている。しかし、「王様は裸だ」と言う子供を私は密かに愛している。

（岩波書店　二〇〇四年三月刊）

（初出「船団」六十三号・二〇〇四年十二月）

露石を読む②——碧梧桐への片思い

露石は、『坊ちゃん』（漱石）の自筆原稿を高浜虚子から贈られた。『我輩は猫である』第十章も持っていた。「ホトトギス」発行所を松山から東京に移す際援助したお礼だったという（註1）。一九〇六年（明治三十九年）「ホトトギス」四月号に載せた小説二編の原稿。

親しかった虚子と露石はその後、疎遠になった。大正時代『蛙鼓』の約七年間に虚子は二度来阪、三回句会をしている。一九一七年（大正六年）十月、堂島での十数名での句会と晩餐のあと、虚子は酔った勢いで「おい露石、杯をくれ。君の俳句を一緒にやろや、子規は君にどんな俳句を教えたかね…」と詰め寄ったが、酔っ払いにはかなわないと「早々席を立ってこれをさけた（註2）」。永別になると二人とも思っていなかったろう。

疎遠になった原因のひとつに露石の碧梧桐への傾倒がある。しかし、雑誌「海紅」でみる限り、碧梧桐は冷たい。露石の句を「物足らない」と批判する。「人間らしい驚きや、悶えや、親しみの感情の動き」が句からうかがわれないという。それらの感情を「句に表現する時の一種の気分が、彼を平たくとりすましたものにしてしまうのではあるまいか」と厳しい（註3）。

大阪の旧家の九代目として楽隠居然としている、「静寂な趣を味わってくれるだけの寛量を持してもらいたい」との露石の反論は、切なる願いでもあった。また句も選句も気に入らないのに、君の句を見、選句を味わってしまうと碧梧桐への手紙（註4）に書く。片思い。「ウマイとは思うが、虚子の句や青々の句には満足出来ない」とも。この正直な手紙の一ヶ月ほど後、一九一九年四月十日に露石は四十八歳で亡くなった。「楽隠居然」の「然」にこめた思いを理解されないまま。

来阪した碧梧桐と共に遊んだのは一回。

二十五年忌『露石句集』の編集をしたのは虚子だった。

註1　江藤淳「『坊ちゃん』の自筆原稿」（新潮社『新潮日本文学アルバム・夏目漱石』初版一九八三年）。また「障子の日向」（私家版水落京二編『水落露石遺文・聴蛙亭雑筆』一九二一年＝大正十年十二月三十日発行）によると、一九一四年（大正三年）二月二十一日「図書館より第十回開館記念会案内状来る。書中現代本邦著述家稿本陳列の事有、則ち余の蔵書に夏目漱石氏の『我輩は猫』と『坊ちゃん』の手稿二篇ある旨を電話にて通ぜしむ、午後図書館より借受けの使者来る。」と展示を申し出ている。愛蔵したが独り占めしなかった。

註2　青木月斗「鬼才松村鬼史」（「俳諧雑誌」一九年十一月号）。

註3　河東碧梧桐「句評」（「海紅」一九年三月発行）。

註4　河東碧梧桐「嗚呼露石」（「海紅」一九年五月発行）所収。

（初出　「船団」七十四号・二〇〇七年九月）

露石の会⑤——露石と下萌会

『蛙鼓』は、一九一二（大正元）年から十九年三月（四十一歳から四十八歳の死の直前）まで露石が座右に置いていた作句記録帳である。一四五九句（平均一ヶ月十九句作）。中に下萌会の席題句や兼題句が六十数回分ある。

下萌会は「最初素人会と称していた。唯四五の初心者が集まって句を作るというに過ぎなかった。その後（中略）二三古参の人も加わって」十二年の春、まさに下萌えの頃に発足した。十五年四月発行の同人合同句集『下萌集』巻一では会員十五名。十八年七月発行の巻二では十八名。会員の作品は、露石が選者をしていた新聞「大阪時事新報」の夕刊にも残されている。「下萌会句抄」として会員の句だけの日もある。ちなみに歌壇の選者は佐佐木信綱。

家族会員や夫婦会員もいる家族ぐるみの和気藹々とした俳句の会だった。初めの頃は、会員の家を巡回。裕福な会員が多く、骨董や自慢の所蔵本の展覧を兼ねていたりした。別荘で。時には高津の湯豆腐屋。十二月には恒例の闇汁会。吉野川の鮎狩りや箕面など郊外へも。遊びと共にあった下萌会が、晩年の露石を支えた。

死の二週間ほど前、露石は奈良・安堵村へ若い陶芸家富本憲吉の窯開きに行った。窯から取り出される陶器を見、大皿と丸い壺に句を書いた、〈山深ければ春の雲わくつくる期なく〉〈蒲公英の莟めるままに焼かれ居り〉。そのあと一時間半ほど富本夫妻を前に、俳句について、熱心に話した。——碧梧桐は、僕達の俳句はなまぬるいと言った。事実僕達の生活はなまぬるい。僕等の俳句をなまぬるいとみる人があったら、それは僕の生活と僕の俳句が別々なものでないという確かな事実になる——と。そして一枝夫人（尾竹紅吉）に下萌会入会を勧めた（碧梧桐の根拠は不明だが、例えば、露石も数回選をした「層雲」での山頭火の大正期の五七五の句と比べると、「なまぬるい」も一理ある）。

碧梧桐の批判を妥当と認めた露石は思い切って「下萌趣味」を押し出そうとし

ていた。彼にとって句と生活は一体だった。自分たちの雑誌を出そう。「隠れた俳人の伝記逸話」や「俳書の研究」も載せよう。隔月刊五八ページの雑誌「下萌」第一号数百部は、四月二日露石邸に届けられた。翌三日、若草の萌え出る中を旅に出て病気になり十日死亡。「近頃はお達者です」という一号の記事が虚しい。

【参考】佐藤玉枝「水落露石年譜」（大阪俳句史研究会『俳句史研究』第二号・一九八八年）、『下萌集』巻一（一九一五年四月）、巻二（一八年七月）、「下萌」第一号（一九一九年四月）、第二号（露石追悼号・一九年六月）、第三号（続露石追悼号・二〇年四月）、他に「俳諧雑誌」（一九一九年五月号六月号）・「大阪時事新報」・「層雲」など。

（初出「船団」七十七号・二〇〇八年六月）

露石の一句

彼岸とよ芭蕉のすきな蒟蒻のさしみ

もうお彼岸だ。暖かい。芭蕉の好きな蒟蒻の刺身の季節になった。季節は「彼岸」で春。大正六年三月十八日、下萌会六周年記念会を露石宅で催した時の席題句。〈蒟蒻のさしみもすこし梅の花〉――蒟蒻の刺身を肴に飲んでいる、あなたの家で亡くなった人を悼んで、と去来に送った芭蕉の句を念頭に置いた句。彼岸――追悼――芭蕉の追悼句の暗い連想を「すきな」一語で明るい句に変えた。

芭蕉の蒟蒻好きは有名。『風俗文選』の〈翁は蒟蒻を好かれたり〉が根拠か。芭蕉自筆の「月見の献立」（元禄七年八月十五日）は蒟蒻と野菜の煮物がメニューのひとつ。芭蕉の食べた蒟蒻はぷるんぷるんと歯ごたえがあっただろう。大正時代に輸入種の芋を栽培、味が落ちた。〈蒟蒻にけふは売り勝つ若菜かな〉も芭蕉。『こんにゃく史料』（一九六八年・こんにゃく協会）によると、当時蒟蒻は贅沢な食物。

露石といえば、蕪村。遺稿と題する写本を整理『蕪村遺稿』として刊行。蕪村画『柳散石図』の詞書、蘇東坡「後赤壁賦」の中の「山高月小、水落石出」から青年時は俳号を「石出」としていたほどである。

（初出 「船団」七十八号・二〇〇八年九月）

「大阪時事新報」俳句欄

春季無題　露石選

雨夕《あめゆふべ》古木の桃の花白し　彩雨
菜の花の岸に舟まつ女かな　同
下萌や筧がもりて方二尺　東洋城
春雨や紅のにじみし文の殻　春風
藪入の我家に近き土橋かな　九皐
見尽くして奈良の古寺暮遅き　露石

約百年前、一九〇五年（明治三十八年）四月三日の「大阪時事新報」第四面（全

六面中）俳句欄の引用。某新聞の今春の読者俳句欄の作品です、といっても通用しそうである。新聞に投稿し選ばれる句、つまり読者にすっと読んでもらえそうな句は百年間変化していないのかも知れない。

ただし、掲出句は一般読者からの投稿でない可能性が高い。発刊から二週間しか経っていないのだから。句会の作品か依頼作品か。「大阪時事新報」俳句欄、初めての露石選。

「大阪時事新報」は一九〇五年（明治三十八年）三月十五日創刊。創刊時から水落露石は選者だった。もっとも最初の数回は春秋庵幹雄、数年間は花本（上田）聴秋も選者だった。創刊三周年記念の懸賞俳句の選者は露石。露石を主として、二人選者時代が続き、一九〇九年（明治四十二年）二月中旬から選者は露石ひとりになっていく。

まず、一九〇八年（明治四十一年）一月一日の新年募集俳句を見てみよう。

題　東風　若菜　水落露石選

天　橙に東風吹く草の戸口かな　几　吃
（丹波氷上郡国領村　中沢潔）

地　若菜摘昔の人に我似たり　松　若
（広島市西魚屋町一〇五　井口喜一）

人　菅原の古径ゆきぬ若菜摘　赤壁子
（大阪東区久寳寺町四の八一　山田光太郎）

題　輪飾　読初　花本聴秋選

天　読初や春王の声も爽やかに　清　華
（大阪東区高津中寺町五一四　津原清華）

地　輪飾や年丸かれと太かれと　白　雨
（大阪西区九条町番外二九七四今井方　宮崎興太郎）

人　読初の声も十年の古びかな　遊太郎
（肥前唐津江川町　平田友）

二人の選句内容に差はない。露石に「草の戸（口）」（『奥の細道』）「昔の人」（『古今和歌集』）と古典趣味がみられる程度。年頭を飾るにふさわしく、めでたい句が並んでいる。

広島や佐賀の人の投稿作品が入選していることからわかるように、投稿は西日本全域より。投稿総数は残念ながら不明。

春季雑題　露石選

横波に傾く帆舟帰る雁　月斗
去歳の風邪治らぬを雪解けにけり　同
低けれど難処の山や雪とくる　鬼史
荷のかちて膝折る馬も雲解かな　秋双
二階ある家建つ田舎帰る雁　同
折れし枝もぎとる主雪解かな　丹々
陣払うて残れる杭に雪解かな　北渚

帰雁ゆく出洲の巣の並木かな　露石
綱わたし絶ゆる木曽川雪解かな　同
（明治四十二年三月七日朝刊）

これは露石が参加した句会結果と思われる。この日の句会の題は多分「帰雁・雪解」。

一般読者からの投稿作品だけでなく、私的な句会報も載せているところが、現代の新聞の俳句欄と異なる。投縞作品の送り先も新聞社ではなく、露石の私宅。

「大阪時事新報」は、一八八二年（明治十五年）福沢諭吉の創刊した「時事新報」が大阪に進出した年中無休の日刊新聞。発刊時、一部、一銭五厘。

「時事新報」は、「記者は慶応出身一色といって差支えない。その論説も中庸を得、報道も多方面に亘った良い新聞であるが、紙面がととのっていないのが一つの欠点であった。しかし堅実に読者を把握していてまず一流の新聞といってよかった。

政治的には中立とみるべきである。」（西田長寿『明治時代の新聞と雑誌』一九五六年刊。至文堂）。

九三年（明治二十六年）には他社に先駆けロイター通信と特約を結ぶ。

「大阪時事新報は『関西にも』という福沢翁の遺言を受け、没後四年の明治三十八（一九〇五）年三月十五日設立された。社長は翁の二男・捨次郎。社屋は東区高麗橋。社員七十人、朝刊を一万二、三〇〇〇部刷った。創刊号は『奉天入城』の特集である。

明治四十一年、大阪・高麗橋の大火災のさい号外式の夕刊を出し、翌年から常時、夕刊を出した。朝刊紙の夕刊発行は大阪で初めてであった。地方紙も発行した。これも大阪で初めてであった。一時は部数二十三万部、四国にも販路を延ばした。大正二年（一九一三）に北区曽根崎上四丁目に移った。九年には社屋を新築した。このとき東西の時事新報が合併、資本金五百万円で再出発した。

この社屋は大阪でも指折りのおしゃれな建物だった。「関西の新聞社としては初めての洋式建築に見物人が殺到した。」（『大阪新聞七五周年記念誌』一九九七

年発行）

記念誌らしく、自画自賛の文章だが、経営ははかばかしくなかった。

「『大阪時事』は『時事』社長福沢捨次郎の積極経営方針で、いくつかの新機軸をうち出した。明治三十九年には、汽車博覧会を開いて人気を呼び、同四十一年十月からは、夕刊をも発行した。この夕刊発行は、大阪では、まったく最初の試みであり、東京でも、まだ、『報知』が始めたばかりだった。

『大阪時事』の編集は東京の『時事』ばりのもので、政治、経済ことに財政問題記事などは、時として『朝日』、『毎日』以上のものがあった。が、紙数は意外にのびず、販売は、『朝日』、『毎日』からいえば、問題にならぬほど弱体で、『恐るるに足らぬ』ものでしかなかった。

こうして『大阪時事』は、たいへんな赤字経営が続き、東京の『時事』は多くもない利益を年々大阪へつぎこんだ。大正九年六月、『時事』が東西両社を統合して、資本金五百万円の株式会社に改組したさいの新株払込み金二百万円の大半は、『大阪時事』に投ぜられた。しかし、これもザルに水で、業績は一向に好転しなかった。のみならず、大正十二年八月、ついにたえられなくなって、『時事』が『大阪時事』を分離したころには、それまでの負担の重荷で、肝心かなめの『時事』それ自身が、とり返しのつかぬ深傷をうけてしまっていた。」（内川芳美『新聞史話』一九六七年、社会思想社）

「大正十一年版『日本記者年鑑』（新聞及新聞記者社、大正十一年六月三十日刊）によると、大阪の状況はつぎのとおりである。

大阪府の新聞発行部数

大阪毎日新聞	八一一、五五〇	（内市内）	一五一、二六〇
大阪朝日新聞	六一五、一〇〇	（内市内）	一二〇、五五〇
大阪時事新報	八三、八〇〇	（内市内）	三一、二〇〇
大阪日日	三五、一一三	関西日報	一〇、四〇七
大阪新報	一二、〇〇〇	新日報	一一、〇〇〇
大阪朝報	八、〇〇〇	（以下略）」	

（前出の記念誌）

確かに「大阪朝日新聞」、「大阪毎日新聞」の両雄に比べると販売部数は十分の一。しかし販売部数三番目ではある。いわゆる中堅。

さて、創刊時「大阪時事新報」の社員は七十名だったが、一九〇八年一月一日付けの「謹賀新年」欄にその名前が列挙されている「時事新報社、大阪時事新報社の社員一同」は一九七名。この中の中井新三郎が、露石の遊び仲間だった。俳号は浩水。

「大阪時事新報」社員中井浩水の紹介で露石は俳句欄の選者となった。

そもそも露石は新聞「日本」子規選の俳句欄の熱心な投稿者だった。「日課として投句を始めた」（島道素道「深屋露石居士」――「俳諧雑誌」一九年六月号）二十歳の青年の頃を思い出しながらの選句の日々だったろう。楽しみながら。

「大阪時事新報」は一八年（大正七年）六月から二十二年二月まで原紙そのものがない。だから確認できないのだが、露石は亡くなる直前の一九年三月まで選句を続けていたと思われる。

例えば、新聞が残っている一八年五月の露石選「時事俳壇」掲載は八回。三日・四日・五日・七日・十三日・十六日・二十八日・三十日。

三月の風が吹く話おだやかに済んで　たみ女
暖かい縁に新聞ひろげ新聞の匂ひ　松山　二蝶子
桑の芽伸び〳〵括り縄一つ〳〵解き居たり　よしの女
足袋はだしの子が花に両手さし上げる　大阪　東紅子
思ふまじきこと思ひつつ躑躅むしり捨て　伊予　虚　酔
よくも偽の話する桃の咲くよ　蛙面坊
大仏の掌になでられさうな山で　夢面坊
心の青ざめた人を想ひげんげの青　周防　●《読めず》介

一回に二十句ほど。二十句×八回＝百六十句。大正時代は病気の時を除き毎月、百句から百五十句選句している。精力的。掲出句は八回から適当に選んだが、残りも同様の句。露石の表現法の変化に合わせるかのように、散文的な句が多くなっている。冒頭の明治時代の句は月並みで、大正時代の句は、世間の人が「船団」風と思っている句に近い、といったら語弊があるだろうか。

中井浩水は「趣味の露石君」という露石の追悼文(「俳諧雑誌」一九一九年五月号)で、下萌会を中心として十数名が「各種の趣味の会合を絶えず催して」いたことを伝えている。俳句会、古書交換会、異国会(異国情緒の品の品評会)、どんぶり会(テーマを決めての骨董品展覧会)など。

「絶えず」行き来していたからだろう、驚くべきことに公器であるはずの「大阪時事新報」には、一九一二年(大正元年)十月分から、私的な集まりである「下萌会」の句会抄がほぼ毎回分掲載されている。「俳句欄」の私物化。大量のため二回に分けて掲載されていることもある。現在、主宰が選者だからという理由で、主宰の行う句会の報告が、中堅の新聞に毎回掲載されることは、あり得ない。「渋柿社」「通草会」「大阪俳句会」「瓦会」などの句会結果も時々は掲載されている。しかし「下萌会句会」の掲載は頻度が多く、驚く。

のどかな時代というべきか、中井浩水や水落露石が太っ腹というべきか。新聞の販売部数がのびなかったのもむべなるかな。

「下萌会句会抄」掲載は次のとおり。夕刊三面。

一九一二年　二回（十月・十一月）
一三年　一二回（一月〜十二月）
一四年　二回（一月・十一月）
一五年　一〇回（三月・三月・五月・六月・鮎狩・七月・九月〜十二月）
一六年　一二回（一月〜十二月）
一七年　一〇回（一月〜三月・五月・六月・八月〜十二月）
一八年　四回（一月・三月〜五月）

先に述べたように一八年六月からは新聞そのものがない。また露石は一九年四月十日に亡くなっているので、一四年を除きほぼ毎月の下萌会の句報が「大阪時事新報」に掲載されていたといえる。

ちなみに、一五年一月は「初懐紙　下萌会同人」と題して一月一日号朝刊に同人全員の句を載せている。また、八月露石は山中温泉で病気になっており、多分下萌会は開催されなかったと思われるので、結果的には十二ヶ月分揃っている。

さらに、一七年二月三日には「大正六年一月二五日、東京四谷和達氏邸にて下萌会東京支部開催。山田新月・永田有翠氏出京。当日出席の筈なりしが、差し支え生じその事無かりしは遺憾なり」との前書き付きで、碧梧桐・観魚・一茎草・神斧・玉菫女の句を掲載。七月十六日号には、「東都和達邸、下萌会席上吟」と題して。

神斧・玉菫女夫妻は一九一五年（大正四年）暮れに東京に転居（『蛙鼓』による）。碧梧桐・観魚・一茎草は下萌会同人ではないが、神斧・玉菫女夫妻と句会を楽しんでいたことがわかる。東京支部の存在そのものも。

人近うなる迄桐の花踏みゐたり　碧梧桐
荷馬車が行きづまり苺に佇む女　同
直ぐトンネルの駅の裏山の桃　観魚

ここまで徹底されると一四年の二回は少ない。この年露石は病気で二月から五月まで浜寺の別荘で休養していた。

『蛙鼓』にあるが「大阪時事新報」上に現時点で確認できていない下萌会は、六月黄牛邸・九月上本町花月楼・十月同所・十二月山田氏邸の四回。他に大正元年九月・十二月、大正六年七月・大正七年二月。

おびただしいコピーが手元にある。しかし役に立ったのは実は一回。五、六個はんこが押してあって判読が難しかった『蛙鼓』の数句が読めたとき。一七年（大正六年）五月六日灘の不破氏山荘で開かれた下萌会例会の記録。

八汐の花ぽつり〳〵落つ卯月雨かな　露石
筍こんな処に蕗の葉茂り　同
幟見に立つこゝら屋根のいちはつ　同

ところで下萌会句報とはどのようなものか、参考のため、長くなるが、「下萌会句抄」を一回分と、下萌会の様子がよくわかる前書きを書き写しておく。

一九一五年（大正三年）十一月二十九日の下萌会の全記録。

□下萌会　浩水生記

瓶裏の帰り花に、初冬の句会情調をなつかしむ霜月も末の九日、天満の晴亭翁の居に月次の一会を催す、朝より夕告ぐるまで、亭前亭後の夕草、冬の日に吟心を悩ます、一陶の酔にコクリ〳〵とやる砂《さ》馨石《けいせき》君あれば、近る《ママ》成る下萌集を軍旅のおつれづれを慰めまつるべく白国王に献じまつらばやといふ新月翁あり、此の日晴翁の愛嬢たり会員たる和喜子女史の好偶暁雨君を介せられる、君は浪花の好事家として夙に名あり、令嗣心耳君と共に晴亭居の老壮悉《ことごと》く文雅、まち遠しき春風も早《は》やこゝもとに吹倒して、一堂の和気恍として酔ふが如き裡に、一同歓を尽くして散ず

□兼題　鰤子　秋雲

眼馴れつも銀杏いや高し秋の雲　玉菫女
はらゝ子や器選びに日も暮れて　和喜女
我に生くと好三昧をすゞ子など　神　斧
林尽きて家あり秋の雲うつる　心　耳
朝を澄める湖に秋雲の流る見ゆ　清
もの想ふとも無し唯秋雲の動く見る　馨　舟
秋の雲工場跡四五羽翔ける鳥　有　翠
席かへて今年酒鰤子照らす灯や　黄　牛
舟垢汲めば鵲飛べり秋の雲　砂馨石
はらゝ子や我友は皆下戸なりけり　晴　亭
曲馬天幕たそがれ空や秋の雲　新　月
異種選ぶ薬草園や秋の雲　同
鰤嚙めば音あり白歯艶やかに　吸　江
山静かに黄昏るゝ秋の雲の色　同

はらゝ子や父の酒量をうけし子等　浩水
風位きまらぬ風車や秋の巻雲に　同

□席　題

山路処々の木梯子の事も狼に　神斧
泥ふかき掘割を市へ蕪船　同
消残る街灯炭売のいぶき白う見ゆ　和喜女
吹きつのる木枯や待つ人は来で　同
顔見世の幟鳴る夜を寒う見し　清
湯たぎる音のかすかに霜夜独りゐて　同
むぐら穴に潜む雨水や冬の草　浩水
山茶花に脛刷りて命終る人　同
狼も送れ月の岨道僧と我と　黄牛
五分停車を蕪買ふ京の山も見ゆ　吸江
片陰草の青きも淋し冬の日や　砂馨石

碑拓てば散る山茶花や短き日　晴亭
山茶花や木框にそだつ草のもの　露石
移る冬日よ生みし卵に日付書く　同
蕪幾うね野茨の実の紅き径　同
霰ひとしきり氷魚出そめし錦の灯　同
霜しとど危しと置きし石橋の上に　同

（大正三年十二月四日夕刊）

一九一五年（大正四年）七月十一日の前書き（句は省略）

下萌会記

月の十一日、住吉廣田家に例会を開く。露石氏以下十三名、一両日来の暑さにも怯まず定刻参会兼題の披露あり、少数の女連が比較的振るつてゐたのは大いに心強かつた。珍しく浩水氏の欠席はもの足らなかつたけれど、話し上手の新月氏のあるによつて席上大いに振るふ。私どもの加はらなかつた此程の鮎狩の珍談に興に入る中、だん〳〵〆切の時刻は迫る暑さは加はる、別室へ特に陣どつて句三昧に入つてゐられる筈の砂馨石氏が、いつの程にかぐつすり寝込んで仕舞ひ、已に〆切つてから慌てゝ句を持込まれたのはをかしかつた。次回は渓の流れ河鹿の声涼しき箕面で開会と定まる。兼題「梅干、夏の水」（当番幹事、楢栄女記）

（大正四年七月十七日夕刊）

露石は一九一九年（大正八年）四月に旅先での病気が原因で突然亡くなった。四十八歳だった。露石の死後「大阪時事新報」俳句欄の選者となったのは荻原井泉水。井泉水の句が載っている号を書き写して稿を終える。

時事俳壇　露石選

□

歌かるたも一しきり梅寂しうなり　京　句仏

□

遠山の雪一景や炉の灰に　東京　知十

□

榧の樹の古蒼に庵の春を占め　京　四明

□

旭に生きて皆うごく雲よ海ひろし　東京　井泉水

人間の家に霜置けり霜を照らす日　同

（大正六年一月二十六日夕刊）

【追記】

① 読み易いように、漢字は新字体に改めた。また一部の漢字をひらがな表記に改め、送り仮名、句読点を適宜加えた。誤記が明らかなものは正した。

② 「大阪時事新報」夕刊の欄外の日付けは、一日先になっている。例えば「七月十

七日」とあるのは、「七月十六日」号。

③「花本聴秋」は本名、上田肇。一九三二年死亡。享年八十二歳。明治・大正期に京都で活躍した俳人。花本流派の十一世宗匠。一八八八年から「俳諧鴨東新誌」を発行していた。

④本文に記したように当時の「大阪時事新報」が残っていないため、露石の死後すぐの俳句欄の選者は不明。「層雲」一九一八年（大正八年）十二月号の編集後記に「大阪時事新報」新年のための課題が、一九年七月号からは毎号課題が掲載されている。送り先は井泉水宅。このことから露石の死後、一年三ヶ月後から井泉水が俳句欄の選者になったことがわかる。当時井泉水は「東京時事親報」の選者もしている。

⑤「大阪時事新報」は大阪府立中之島図書館所蔵のマイクロフィルムによる。

（初出「船団」七十九号・二〇〇八年十二月）

ミニミニ自分史

苦手なのはお化粧と整理整頓。性格は融通がきかない、気が小さい。一九八〇年から堀川高校音楽科分校で教えていた十五年間、とても楽しかったんだけど、そこに住所を「天使突抜一丁目」と書く生徒がいてね、それを咎めたらこの性格を指摘されました。当ってます。

はじめて俳句を作ったのは中学生の時。〈潮干狩り水のぬるみに春を知る〉。級友が今でも覚えているほど先生にほめられた。藤田清子先生。ほめることは勇気を与えることだ、と今改めて思います。

大学院三年目の秋に結婚。夫は大学の助手になったばかりで共稼ぎ。修了の間際に出産。ほんと、すごかった。大学闘争の時代で勉強は殆どしなかったけど。

九五年、阪神淡路大地震で心境が変わって転勤を志望。翌年、二年生の担任になる予定でね、秋の修学旅行には毎年俳句コンクールがあると言うの。四百名もの生徒の俳句の審査委員長を勤めることになって、勉強するしかないでしょう？通い始めたのが坪内稔典先生の朝日カルチャーセンター千里教室。講座がなくなるまで十二年間、義務教育でした。楽しかった。

坪内先生の記憶にはないと思うけど、直接お会いしたのは、それより前、九二年の秋。与謝野晶子の『乱れ髪』を読む会」。閉じこもっていてはいけないな、と、友人と一緒にこの会へ。ことばとことばのぶつかり合いから生まれてくる新しいことばを発見しようとする俳句や評論も読んで、俳句を始めなければならなくなったとき、迷わず坪内先生の所へ。

結婚して初めて実家に帰ったとき、夫が「則子」と呼んだので妹と笑ってしまった。以来名前を呼んでもらえない。おかあさん……。名前を呼んでほしいので、私は「すてあきちゃん」と呼ぶ。夫は父が四十二歳の厄年に生まれた子なので実際に捨てられ、名前も「捨明」。時々ふざけて「どろすてちゃん」。

孫が一人。かわいい。

（構成・中原幸子）

船団・あの人この人⑯　塩谷則子五十句

四日はや二人になりぬ京の西

モン族の青年の夢読み始む

勾玉の淡き水色枯木立

好物は海鼠と知って結婚す

冬麗やもののはずみということも

埋火のありか時々確かめて

東京も青空ですか冬欅

十年を二人で暮らす雛の夜
春の宵窓のガラスにあかんべえ

春の闇ヒマラヤ杉が二、三本

真夜中の流しの穴や冴え返る

歯を治す窓のむこうは春の雪
三月の窓から窓へ紙飛行機

昼過ぎて二分咲きとなる桜かな

一日を君に使おう桜さくら

これは九鬼あれは谷崎春の墓地
全校で六人という春の村

囀りや息子の好きな人と居て

哲学の棚は素通り風薫る

書庫蔵の少年国男麦二寸

青田風うだつの穴を抜けていく

金星に君はいるはず透谷忌
水色のゼムピンにする梅雨晴間

蛙鳴く声の一瞬止まるとき
正座してきれいに抜けた鮎の骨

石段に少年二人遠花火

空港は平屋一棟草いきれ

炎天のバスはゆっくりやってくる

サンダルの脱ぎ捨ててある油照り

大津絵の団扇の鬼と目が合うた

宣伝の団扇ぎょうさん新所帯

大食いはへまなことだよ糸瓜咲く

玉の汗千年杉はすっと立つ

夏の宵ひとりがよくて雑木林

秋立つや風来る方に向きて立つ

脳細胞の縮む音する秋の空

秋高しだーるまさんがこーろんだ

秋うららひとりが五人の映画館
家族する日の晩ごはん栗御飯

朝鮮の通信使道柿の道

先生のことなら少し柿熟れて

黄葉の北京を歩くただ歩く

空洞を探すハンマー初時雨

菓子箱に工具少々冬の月

日本カント協会の戸を敲く熊

若いから寂しいでしょう漱石忌

お揃いのマフラーをして離れ居る

ポトフーを温め直す雪の音
冬帽子汚れっちまった悲しみに

詩の売り場四階の奥十二月

（初出 「船団」七十九号・二〇〇八年十二月）

沓掛通信　NO.10

六月十五日、快晴。朝、私が出勤したとき、一階の職員室では、北朝鮮のIAEA（国際原子力機関）脱退についての話の最中だった。カーター元米大統領が平壌に行って金日成主席と会談して打開策を探ろうとしていることに関してだったろうか、日本はアメリカが乗り出して来るのを待っているというような話の流れになったので、「今日、六月十五日は樺《かんば》さんの死んだ日なのよねえ。もう三十四年も経ってだれもそんなことといわなくなったけど。」と言ってしまった。樺美智子さんは私と同じ高校の卒業生だ。六十年六月十五日、国会議事堂の前で、当時、日米安全保障条約に反対して国会に乱入しようとした学生のデモ隊とそれを阻止しようとした警官隊のもみあいの中で死亡した。東大の学生だった。六十二年の四月に兵庫県の神戸高校に入学したとき、ほとんどの先生方は樺さんのことについて話された。図書館には樺さんの遺族から寄付された資金による「樺美智子文庫」があり、主に哲学や思想についての本が置いてあった。樺さんはその時の女子高生のあこがれの人のひとりだった。特に、私と友人たちにとって。高校生の私は東京に行って学生運動をしなくては、と密かに思っていた。運動は弾圧されるはずだから、十九か遅くとも二十で〈革命〉に命をかけて獄中か国会議事堂の前の路上で冷たく雨にうたれながら死ぬはずだ。高三の秋に芥川賞をとった柴田翔の「されどわれらが日々――」という小説はますます東京行きをすすめた。

しかし、開通したばかりの新幹線に乗って勇んで東京の某女子大学を受験したものの数学0点であえなく不合格。浪人する元気もなく地元の神戸大学の文学部に入学した。

校舎のあちこちの部屋を走り回っていた。電気をつけたり消したり。ラジオを鳴らしたり消したり。バリケード封鎖なることをしているのだが人手不足。その四月に出来たばかりの大学院の修士課程の一年生、ということは文学部では最上級で、ひとりで留守番なんて嫌だ、などいっていられない。「東大もすっかり封鎖を解除したいまごろこんなことをして。ほんとに愚かなんだから。あれほど椅子と机を積み上げた絵をかいて貼っとけばいい。と言ったのに。」と呪咀の言葉を吐きながら校舎内を走り回り、時どきは、自らの姿の滑稽さを嘆きつつ美しい神戸の港の夜景を眺めていた。

バリケード封鎖は多分政治的なセクトに入っていただれかが実行してしまったのだろう。当時の文学部の学生の多くは封鎖にも無関心だった。私はノンセクトだったけれども積極的にかかわった少数の学生の中のひとりである。今、あの「学生騒動」は無意味だったという意見もあるが、私は、あのときも今もバリケードまでは不要だったけれど、「学生闘争」はそれなりに必要だったと思っている。闘争のテーマは、誰のために大学があり、ここで何を研究しようとしているのかを真剣に考えてみよう、ということだったと、私は、思っているからだ。

「樺美智子さんという名前だけは知っているけれど」「そんなひと、誰?名前も知らんわ」というのが若い先生方の返事だった。当然だろう。大昔のことをもちだしたのは、今日、十五日・十六日に行われた実技テストの点数をお知らせしようと思うからだ。何のために大学にいくのか、誰のために何をしようとしているのか考えたら今の実技の評価点が五点高かろうが十点低かろうが、それはそれとしてうれしかったり悲しかったりはするだろうけれど人生全体の中ではたいしたことではない。自分が何をしようとしているのか本質をしっかりみつめて気品高くあってほしい。

懸命にがんばって放心状態にいるみなさんをひとりひとり抱きしめてあげたい。よくがんばったといってあげたい。それだけを伝えたいと思ったけれどもう八時三十分。朝七時からがんばって書きましたが時間切れ．あと八ヶ月余り。クラスのメンバーと一緒に仲良く入試までまたがんばろうね。

（初出　堀川高校音楽科分校「三年ＨＲ通信」一九九四年六月十八日）

直線と線分

ふっと、直線を思い描いてみることがある。例えば大宮駅で阪急電車を降り、学校に向かって、黒門通りを歩いている時。京都は、どの通りからも山が見える、といわれているとおり、狭い黒門通りからも、緑濃い北山が見える。北山まで、まっすぐ直線を延ばしてみる。丹波の山を越えて日本海へ。シベリア、北極を通って、空の彼方、宇宙へ。

幾何学で「直線」というのは、どこまでも延びているもののことで、一ミリでも十万キロメートルでも、限りがあるものを「線分」という――中学の最初の数学の日、幾何と代数、定義などという言葉の説明のあと、K先生は、黒板の端から端まで一本の線を引かれた。さらにチョークで架空の線を引きながら窓まで歩いて行かれて「もっと先まで、ずっと続いていくのですよ。」とおっしゃって青空を仰がれた。そのようにして「直線」と「線分」の違いを教えて下さった。直線ABといい慣わしているものは、線分にすぎないと。

この所の、この時は、一ミリくらいの線分にあたるかな、と思うと、ほっとすることがある。線分は限りない直線のほんの一部分にすぎないのだ。この時が全てに見えるけれども、実は五センチ先も、八メートル先も、二キロ先もある。その上、直線は、北へも東へも南西にも、どちらの方向にも延びている。

すると、不思議にも元気になって、この時とこの所を大切にしようと思う。「必ず果し遂げんと思はん事は機嫌（ころあい、潮時）をいふべからず。とかくのもよひなく、足をふみとどくまじきなり。」（『徒然草』）と思う。

四方八方に「直線」を飛ばしてみませんか。もう一つのあり方が見えてきたりするかもしれませんよ。

では、また、どこかで。三年間、ありがとう。ごきげんよう。

（初出「門出の日に―卒業生のみなさんへ」堀川新聞一九九八年三月二日）

うちら

小山君「おまえ、この頃、のび太と遊んでるらしいけど、だいじょうぶか？」
某君「何が？」
小山君「のび太の評判悪いで。」
なにがし君「ジャイアンは、ほんま勉強せえへんけど、のび太は、勉強はそこそこするんちゃう。」
某君「勉強する、せんは、友達である、／ないと関係ないで。それより小山。この前、おかんに『小山君となあ』と言うただけで、『えっ、あんた小山君と付き合うてるの』と言われたで。」
小山君「えっ！俺、悪い子になってるの？」

なにがし君「のび太の悪口言うてる間にうちらの評判が悪なってたんや。」

思わず、三人の少年たちを見つめてしまいそうになった。「うちら」は、女言葉ではなかったか。

毎朝、カソリック系中高六年一貫教育の男子高校生たちと同じバスに乗り合わせる。「女としゃべったことあるか？」「ある。小学校の時にな。」「おねえちゃんがおるけど、あれは女と違う生き物やしなあ。」などという情けない話を数日前に聞いていたので、男子ばかりの学校では、「うちら」という女言葉を使ってしまうのか、となんだかおかしかった。

毎朝、このまま北山の方へ行ってしまいたいと「ソラード」に昨年書いたおかげか、罰か、四月からバスに乗って大徳寺のそばまで通勤することになった。

満員のバスの中で、男子高校生の雑談を聞くともなく聞いている。

（初出　朝日新聞千里カルチャーセンター坪内稔典句会集・年月不明）

贈る言葉

玄関に入ろうとすると、左手に「自由と規律」と書かれたプレートが掲げてある。懐かしい、と思った。私が卒業した神戸の高校の校訓も「自由と規律」だった。高校入学時、福沢諭吉の『福翁自伝』と池田潔『自由と規律』（岩波新書）を読むことが課せられた。学校の理念を理解するためである。『自由と規律』は池田潔のイギリスのパブリック・スクール留学記である。一九四九年初版、二〇〇二年第八十六刷のロングセラー。ハリー・ポッターの通うホグワーツ魔法学校は、パブリック・スクールを模している。

自由と規律とは、ノブレス・オブリージュ（Noblesse oblige）の精神を持てということだろう。自由を享受するためには、それ相応の義務を潔く果たそう――

内なる規律を大切にしようということ。

校訓をわがものとして生徒の皆さんにどれだけ上手に伝え、共有できたか、いささか心もとないのが残念だが、自由と規律の理念のもとで過ごせた二年を誇りに思っている。あっという間の二年間だった。

いろいろとありがとう。

卒業おめでとう。


（初出 「ぱあぷるたいむす」卒業記念号二〇〇三年三月三日・京都市立紫野高等学校新聞局）

世界を肯定すること

この本と出会うためにここに来たのだと思うことがある。五月九日、遠足の帰り、久しぶりに京都駅に来たので、アバンティ六階の本屋へ行った。北川透『詩的スクランブルへ』があった。この頃現代詩を読まない。毎月「現代詩手帖」を読むこともない。それでも本棚の最下段に並べてあったこの本を手に取ったのは、本が待っていてくれたからのような気がする。サブタイトルの「言葉に望みを託すこと」を伝えてくれるために。

「どんな悪状況にあってもニヒリズムに陥らない。」「いつの時代でも、詩とはことばが生きようとすること」「生きるということは、世界を肯定すること」「しかし、その肯定のためにどんなに強い違和や否定を、そして深い絶望を呼吸しなければならないことか。それは、別に哲学上の命題ではない。消費社会の快楽を生きるわたしたちの日常の身体のことである。」などなど。数行がするすると心にしみこんで、元気になっていくのがわかった。単純な私。「世界を肯定すること」をしばらく忘れていたと気づく。

言葉によって元気になったり疲れたり、私は単純な本好きだ。言葉は伝達手段、小説とは推理小説、と考えている人と生活し、試合に勝つために友人と一緒に体と技を鍛えるのが楽しいと思うスポーツ好きや、ミュージカルや映画好きを子供に持った。彼らはあまり本を読まないが、人生を楽しんでいる。だから、仕事の本以外の本を読むことは、趣味、単なる個人の好みだと思うようになった。小説など読まなくても、現実の世界で、豊かな人間関係が築ければ、それでいいのではないか、と。私自身は本好きだから、仲間を増やしたくて、小説をはじめ本を読む楽しさを、伝えたいと強く思っているのだけれども。またシェークスピアやゲーテ、ドストエフスキー、カフカなど、世界の文豪といわれる人の作品は、基本的な教養として若い時にひととおり読んでおく必要がある、とも思うけれども。

さて、最近おもしろかったのは、車谷長吉の「武蔵丸」(「新潮」六月号。川端康成賞受賞作。)武蔵丸と名づけたかぶと虫を、晩秋まで熱心に育てる夫婦の話。空虚を懸命に生きようとしている姿が滑稽で身につまされた。

高校生にお薦めしたいのは村上春樹と須賀敦子。この二人の作品は、どれも、言葉のひとつひとつがすばらしい。世界を肯定するための言葉であろうとしているからだろう。

(初出　「図書館だより」第五十二号・二〇〇一年六月一日・京都市立紫野高校図書館)

あとがき

お読み下さいましてありがとうございました。

出版に際しましては、青磁社の永田淳さんにお世話になりました。ありがとうございました。

夫の捨明には、編集・校正を手伝ってもらいました。感謝しています。

塩谷　則子

句文集　怠け仕事

初版発行日　二〇二三年十二月十九日
著　者　塩谷則子
京都市西京区大原野西境谷町一―六―七（〒六一〇―一一四六）
定　価　二〇〇〇円
発行者　永田　淳
発行所　青磁社
京都市北区上賀茂豊田町四〇―一（〒六〇三―八〇四五）
電話　〇七五―七〇五―二八三八
振替　〇〇九四〇―二―一二四二二四
https://seijisya.com
装　幀　仁井谷伴子
印刷・製本　創栄図書印刷

ISBN978-4-86198-577-5 C0092 ¥2000E